新世紀叢書
當代重要思潮・人文心靈・宗教・社會文化關懷

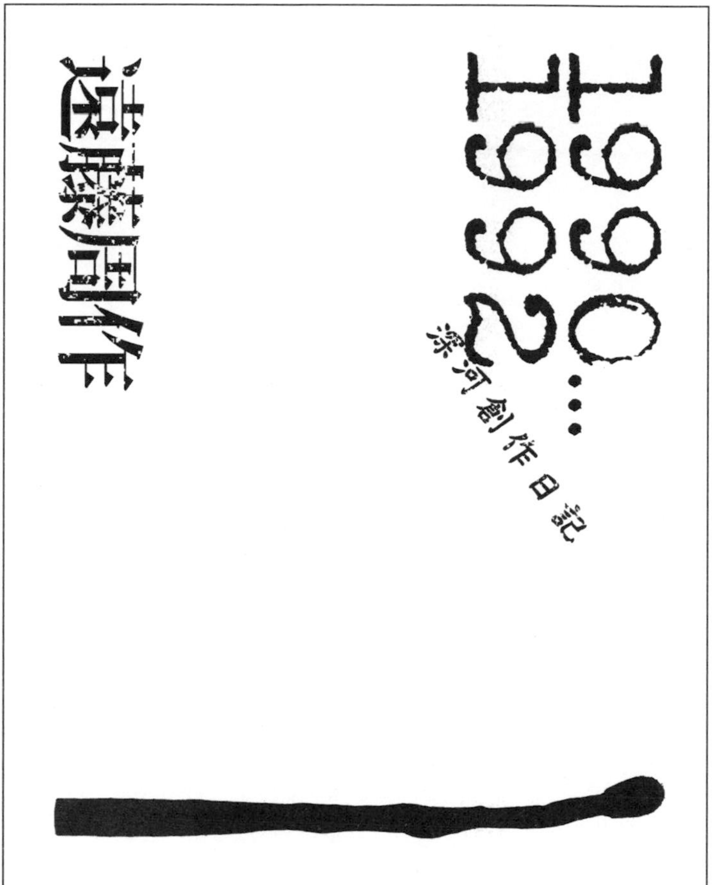

遠藤周作◎著

林水福◎譯

序　與死神搏鬥的《深河》

／林水福

《深河》結尾似乎結束得太快

了解當時遠藤創作的情況，結尾部分，我個人寧願它保留現在的樣子，因為背後深深烙印著作家以最誠摯的態度跟死神搏鬥的痕跡！

遠藤周作的《深河》中譯本一九九九年出版，至今已十三年，感謝大家喜愛，尤其是李家同校長大力宣傳，每年有不少讀書會以它為研讀、討論的對象。

這期間，我接過一些讀者的反應，認為結尾似乎未完。印象最深的是立緒出版社的總編輯鍾惠民，她言下之意似乎前後不相稱，有點草草結束之感。就小說結構而言，讀者的見解是正確的。我個人翻譯時也覺得結尾似乎結束得太快，以資深名作家而言，這種情形不應該出現。

然而，原著出版之後，不見評論者批評。翌年一九九四年《深河》還獲每日藝術獎。這個疑問，在我心中多年。

回顧一九九一年遠藤獲輔大頒贈名譽文學博士學位，之後，由於我個人職場轉換，疏於聯絡。而從一九九一年到一九九五年之間，遠藤除了《深河》之外，在報紙、雜誌連載《戰國夜話》、《女人》等；事後回想跟以前相比，發表的文章確實少了許多。不過，當時並無異狀的感覺。那段期間由於學校行政事務繁忙，加上對於電腦一竅不通，因此有關日本文壇的訊息相當陌生，甚至已到了接近隔絕的疏離狀態。

一九九五年十一月遠藤獲日本文化人最高榮譽的文化勳章，我在報紙上寫了一篇短文恭賀他。後來他回贈我一本為獲得文化勳章特製的燙金版、限量三百本非賣品的《深河》。

當時台灣報載遠藤病重可能乘輪椅出席贈送儀式。結果，他本人還是無法出席。

一九九六年九月二十九日遠藤辭世。一九九七年《「深河」創作日記》（以下簡稱日記）出版。依追隨遠藤三十年的弟子小說家加藤宗哉，於其所撰《遠藤周作》中說：「日記寫在封面有點黑的大學筆記本，四十張、八十頁，明顯留下本人改過幾次的痕跡，還有事後補記或加了註解之處，無疑的有公開發表之意。」以下依日記、加藤的《遠藤周作》及年表探討遠藤創作《深河》時的情況。

遠藤創作《深河》時的情況

依遠藤寫作年表，《深河》初稿完成於一九九二年九月八日。從一九九一年十二月自輔仁回日本之後到初稿完成的這段期間，遠藤在日記中如何記載？

一九九一年十二月三十一日的日記：「平成三年最後的一天。余以病弱之身終於過完六十八歲之年。昔日，曾想過能活到五十歲就好，如今感覺如夢。不能不感謝讓我活到今天的神……夜晚，與妻二人用餐。恐睡不著，吃二顆普強（Solanax）後就寢。」日記中常見「身體疲困」「暈眩」「腹腔，不佳」等字樣。依加藤之說，那時期平均一天寫不到一千字，不到一九六五年撰寫《沉默》時的一半字數。

為什麼遠藤的健康狀況出現這麼大的變化呢？

加藤在前揭書中說，這一年接下三田文學理事長之職，又到美國和台灣，接受約翰．凱勒爾大學（John Carol University）及輔仁大學頒贈的名譽博士學位。加上國內旅行頻繁，例如這一年的某一個月，就有廣島當天來回、長崎一晚、大分一晚、大阪一晚等。

當時遠藤來台，全程由我陪同，這件事遠藤創作日記裡也提了一筆。遠藤還說希望將來能寫一部以台灣為背景的中篇小說，不過，需要到台灣小住一段時間，才能掌握台灣的氛圍。那時他的健康情況相當良好，毫無異狀。但如加藤所說，這一年過於勞累，長期累積下來，從輔大回日本之後不久，狀況急速惡化。

一九九二年七月三十日日記裡說：「這是多麼辛苦的工作啊！為了完成小說，要挖掘廣闊的、實在是太廣闊的盡是石塊的土地，犁田、努力讓它變成耕地。主啊！我疲累了！已經接近七十歲了。以七十歲之身，寫這樣的小說實在是太辛苦的工作，可是，非完成不可。」遠藤年輕時留學法國，即因肺結核提早回日本，動過三次肺部手術，可說在鬼門關前走過幾趟的人，如果不是體力已經無法負荷，相信不會說出這麼洩氣的話。儘管如此，他下了決心「非完成不可」。

一九九二年九月八日《深河》初稿完成，當天的日記寫道：

「不像《沉默》讓人沉醉，也不如《武士》那麼渾厚。」可見遠藤自己對整部《深河》並不滿意。既然不滿意，可以改稿呀！然而，從初稿完成之後到一九九三年六月出版為止，遠藤的日記又如何記述呢？

一九九二年九月二十四日之後的日記幾乎天天寫著：「餘命不多」、「甚為疲勞」、「不舒服」、「疲勞困憊」。

與死神搏鬥的痕跡

遠藤的日記並不是每天記載，是有特別事才記的。為什麼特別記九月二十四日這天呢？加藤說，九月二十四日遠藤的主治醫師告訴他：腎臟出了問題。再者，依年表，遠藤十月住進順天堂大學附設醫院檢查，十一月出院。

十月二十一日的日記記載：「想像在怎樣的狀態下，多麼痛苦而死。人們要是看到我的身體，會想這樣的身體怎麼能做這麼多事情吧！」二十二日，寫著：「情緒低落得不行……以七十老人而言過於悲慘。深深知道以這樣的心理無法度過瀟灑的人生；然而，生來孱弱，毫無辦法。自己也覺得醜陋。」

依年表一九九三年五月二十一日，遠藤住進順天堂附屬醫院；從這天起日記是由遠藤口述，順子夫人筆記的。五月二十五日這一天的日記是遠藤人生最後的日記。他寫道：

從未像今天這麼疼痛、難過、無法忍受。途中，幾次希望就這樣殺了我吧！痛！激痛！唇乾舌燥，一直希望這手術早一秒也好趕快結束，結果忍受了二小時半。要是四、五十歲還好，就七十餘歲的身體實在是太難挨過的一天。回到病房，腹部依然劇痛，奄奄一息的狀態，如果沒有內人全心的照顧無疑是撐不了的……為了忘記疼痛，回憶《深河》的情節，心想那裡應該這樣寫才行呀，這或許也是小說家的習性，現在希望那本小說趕快出版，能夠早日撫摸封面。為了這本小說粉身碎骨，非得忍受今天的疼痛嗎？

讀者不免懷疑，遠藤既然病得這麼重，為什麼不見媒體報導？原來遠藤出院之後在家自行洗腎，加藤書中說，「旁人眼光看來，過著毫無變化的生活，和劇團樹座的成員每個月二、三次一起聽演唱會、看戲、餐會等的，照常進行。只是，為了不掃大家的興，點無酒精的啤酒。還有聚餐的那天，從早上開始控制飲食，跟大家用餐時如往常全部吃光。」這就是為什麼沒人察覺到遠藤健康有異狀的原因所在呀！

從上述日記及現實生活兩相對照、印證，相信讀者可以了解、想像《深河》撰寫的艱辛、困難，尤其到了《深河》末尾，遠藤的生命其實已接近油盡燈枯的情況。哪有餘力作較好的修改?!

所以，《深河》的結尾，絕不是遠藤自己滿意的安排；不，如前述，對於整部《深河》其實都不滿意。

了解當時遠藤創作的情況，結尾部分，我個人寧願它保留現在的樣子，因為背後深深烙印著作家以最誠摯的態度跟死神搏鬥的痕跡！

平成二年　一九九〇年

深河創作日記

八月二十六日（星期天）晴

搬到目黑的工作坊之後大約一個月了。新小說雖然有模糊的意象，但尚未著手。趕《大友宗麟》與《男人的一生》的稿子，抽不出手。儘管心情焦躁，卻進行不了。總之即使一張稿紙也行，只要能動筆就可以開始。雖然懂這道理。

成瀨夫人

前出征緬甸的士兵

小說家

八月二十七日（星期一）

牙痛，早上到福岡牙醫看診。

回工作坊，工作到傍晚。可是重要的創作無法著手。

八月二十八日（於目黑工作坊）

吉川夫人　在新德里的美術館欣賞印度教女神，思索具兩性，善惡共存的問題。她逐漸認為這就是人。可是，她需要的是那包圍人的偉大的東西。德蕾莎修女。

前緬甸士兵　聽說在緬甸戰線的戰友A轉世。他到印度為了尋找戰友Ａ。他，從前吃過女性俘虜的性器官。

因外國神父而獲救的信徒，吃過神父的肉。

小說家　不倫，愛慾與愛。

「強烈的香水味道使小說家隱匿的過去甦醒過來。場所是印度的新德里國立博物館的一樓。女人站在印度教女神像前，低著頭。」

八月二十九日

小說家的愛人　在愛慾的世界中萌生的獨佔慾。自私自利，小說家之妻，患絕望似的疾病。愛人從愛慾的世界轉為無私的愛。（莫里亞克〔François Mauriac〕

的《飯匙倩毒蛇的糾纏》）

不是天主教作家不也可以嗎？

吉川夫人穿的衣服

稍長的短襯褲（黑色）

長袖的襯衫（鮮紅色）

九月七日（星期五）

邀請關、古木、池田、加藤到寒舍用餐。

九月八日（星期六）

夜，於都（miyako）飯店與（妹尾）河童❶先生對談。

❶一九三〇年生於神戶。音樂劇、演劇、歌劇等多方面才能。一九九七年以《少年H》獲每日出版文化獎・特別獎。

九月九日（星期日）

今天晚上也在都飯店用餐。回家後邀妻到大鳥神社散策。妻，在路邊的盆栽攤買了二盆菊花。小說，仍未著手，對自己的怠惰只覺得可恥。

（半頁空白）

十二月三十一日　晴

在家，一直到傍晚。妻外出，因此留守。十二月遭小偷，保險箱的錢被偷，所以家中不能無人。川袋先生在姪子家過年，所以與妻二人一起過今年最後的一天。

二時，吉園先生專程送「御節料理」（注：日本年菜）大山先生來，與妻輪流按摩。

四時半，雖冷，強忍到目黑的工作坊。工作到七時半從權之助坂下來回家。

平成三年
一九九一年

深河創作日記

一月一日　陰天、之後、霧雨

整天在家。夕景、龍之介❶夫婦帶小孩來。加藤夫婦❷及韓國學生勇俊君亦加入，一起以屠蘇❸祝賀，吃煮年糕。

一月二日（星期二）

到工作坊，茫然度過一天。

一月三日

到工作坊工作、讀書。

---

❶遠藤周作兒子與媳婦。獲芥川獎那年生下兒子，因此取名龍之介。

❷指現任《三田文學》總論輯加藤宗哉夫婦。加藤跟隨遠藤三十年，小說家。

❸藥酒名，中國古代習俗於農曆正月初一飲屠蘇酒。

一月七日（星期一）

夜，與池田氏、川島正子在「福祿壽」❹會合，談笑閒聊後回家。小說，依然未著手。只覺得自己丟臉。

（一頁空白）

九月五日（星期四）

《男人的一生》連載結束，終於可以進行有一陣子沒寫的純文學了。以準備的心情先讀一陣子書吧。

幾天前，在大盛堂❺二樓的書架角落，偶然看到不知是客人或店員遺忘的一本書，比克（John Hick）❻的《宗教多元主義》（*Problems*

❹位於表參道。遠藤曾於此餐廳邀我餐敘。現已不存。

❺書店，位於澀谷區宇田川町。二〇〇五年六月結束營業。

❻英國當代宗教哲學大師。

of Religious Pluralism）。這與其說是偶然，應該說是我的意識把那本書呼喚過來了。從前遇到榮格時那種振奮的心情似乎又回來了。

比克是基督教神學者，他說，世界的各種宗教是從不同道路、文化、象徵追求相同的神，批判天主教第二次公會議之後，雖說要和其他宗教對話，結果是將其他宗教統攝在天主教之內。真正的宗教多元主義是停止將耶穌當基督的神學，亦即公然在耶穌的受容問題及三位一體的問題上，提出改革的意見。

這本具衝擊性的書籍，從前天開始，讓我震驚，碰巧來訪的岩波書店職員送我同一作者的著作《神有多個名字》（*God Has Many Names*），現在，嗜讀中。

在曙碁所（宇宙棋院）下棋。二勝一敗。

九月六日（星期五）

早上，在文化村的美術館欣賞米勒展。參觀者尚少，可以慢慢欣賞米勒後期的農村畫。不只是田園趣味，利用印象派畫風的光線與陰影的手法，提升了莊重的宗教畫品質，這是米勒的功績。

到工作坊讀書及工作；看了比克衝擊性的書之後，看什麼都沒味道，沒法子，邊揮汗到大盛堂，連一本都沒買。

九月七日（星期六）

午後，皆川來，下棋。一勝二敗。颱風接近要下雨的樣子，和皆川到「利庵」❼喝兩杯。回程，遇大鳥神社的 maturi「祭」，停

❼ tosiann 位於離白金台站約一分鐘，小店，蕎麥麵風評佳。

車，瀏覽夜市。

九月八日（星期日）

颱風；不過東京沒什麼影響。

開始閱讀 eranosu 叢書的《光形態、色彩》。

九月九日（星期一）颱風一過、傍晚、逐漸放晴

夜，與鹿內美津子在飯倉的「野田岩」用餐。之後到都飯店喝酒。

九月十一日（星期三）雨

傍晚，在「利庵」與加藤及海龍社社長、仲田先生等五人會合，休息片刻，到都飯店的「四川」餐廳用餐。

夜，返家。腹痛。

九月十二日

講談社文庫局局長來。談有關《造反》❽文庫本事宜。

夜，到曙棋所。因腹痛慘敗。

九月十三日

雨。氣象報告有颱風來。夜，邀關夫人到池袋．東京藝術劇場欣賞鮫島有美子小姐的莫札特演奏。

❽原文「反逆」。

九月十四日（星期六）

為樹座❾在大分公演與相關人員約好在羽田會合；因颱風停飛。

九月十五日（星期日）

到大分，平松知事❿來迎，舉行評選會。百名。含女高中生，以年輕人居多，中年人少。

九月十六日（星期一）休假日

於中央會館，東京大教區百週年紀念演講。

❾遠藤個人創立之劇團，團員皆素人。

❿平松守彥，一九七九～二〇〇三，任大分縣知事，提倡「一村一品運動」。

九月十七日

工作到四時許。四時半，於都飯店見馬克．威廉商量著作事。之後，與川島織物會長閒聊。

九月十八日　陰

整天下雨。雖說秋天，秋晴日，幾乎沒有。夜，與順子、川袋小姐在東京會館見面，在「purunie」用餐。

九月十九日

豪大雨。颱風十八號。

佐藤（朔）老師因治療眼疾九時在山之上飯店。與加登老師會合。

午後，回工作坊，雨甚大。

九月二十一日（星期六）雨

午後，如往例找人按摩，昏昏欲睡。六時，加藤君來接，一起在雨中到五反田的表演廳欣賞松山芭蕾舞團年輕舞者的芭蕾。起初不覺得怎樣，被佐藤、山川兩位的演出吸引。鄰座坐著清水（正夫）、松山（樹子）兩先生，溫馨的解說，度過豪華的一夜。結束後在兩先生的催促下登上舞台，在側邊與清水（哲太郎）、森下（洋子）兩芭蕾舞演員及年輕的佐藤、山川小姐握手；兩人都因汗水，妝糊了，喘著氣，可見跟華麗的舞台相比，其實是很需要體力的工作。

邀加藤君吃壽司；他說有工作要趕，因此，我也回家吃茶泡飯，就寢。

九月二十二日

受聖心、宮代會之邀，在聖心禮拜堂演講。之後，到青山劇場コールパパス（合唱團）⓫致意，應藤本等的雜誌G．P之邀，針對輪迴轉生對談。結束後與等候著的池田、高野君及出席對談的加藤、藤本吃中國菜。

⓫遠藤自創音痴合唱團。

九月二十四日

待在工作坊到傍晚。四時起，為《曙》雜誌對談。結束後搭加藤的車到「和田門」。櫻田淳子⓬小姐邀宴，跟 LaLa 企劃社長的滝先生一起享用「和田門」的牛排。

九月二十五日

六時起慶應醫院開倫理委員會，以委員身分出席。

我陳述沒有預先準備，技術先行的臟器移植，市民會有不安感，大半教授同意。

結束後和西野素子教授到都飯店喝酒。教授醉了笑得前翻後仰。

⓬前歌手，明星。

九月二十六日

京都。

車中，從關原附近欣賞土堤開著紅花的石蒜。田園的稻田，過了美濃一進入近江，驟然黃色擴大。薄弱的秋陽照射，不知為何想起堀口大學這首詩：

黃昏是美好時光
是無限溫柔的時光

投宿都飯店。夜，與京都大學朝尾教授對談。微醉，大膽提問。同席的是東大史料編纂室的山室助教（女性）。妻，奈良觀光後到都飯店會合。

九月二十七日（星期五）

早上十時九分回東京。到花山房工作坊。

小說的構想毫無進展。在花山房的工作坊書齋撐著下巴，徒然過了一天。

我的工作室在目黑花山房的一角。對面是哥倫比亞大使館。從目黑通一腳踏進這裡有如另一世界，寂靜。從代代木深町的書齋搬到這裡已經一年半。突然心著急，尚無工作的構想。

傍晚，邀節小姐、岩崎神父到「利庵」喝酒。

九月二十八日

終於稍微放晴。中午，因伯父十週年忌，到海運俱樂部跟堂兄弟們相談甚歡。

出席的幾乎都是年紀大的男女。回花山房工作坊，一直到傍晚，幾乎未動筆。

九月二十九日（星期日）

午前，逐漸放晴的天空，午後轉陰。雖是星期日也到花山房來，默然度過。午後一時，在都飯店吃咖哩飯，回花山房。

夜晚，回家，烤黑井千次⑬氏贈送的肉。

⑬一九三二年生，小說家。日本藝術院會員。

登場人物

①常夢見前世的男子。夢。河川。

②成瀨夫人

③被日本憲兵拷打後死去。作家回憶與耶穌相似的神父。

閱讀蕪村的俳句集。春天的俳句，優秀作品多，相對的秋天的俳句喜歡的少。勉強舉出下列幾句：

初秋望見他處燈火的／黃昏時刻

朝顏啊一朵／深淵的顏色

逝去之事一里／眉毛之秋峰寒（妙義山）

月在天心／路過貧窮鄉村
去年開始又寂寞呀／秋天黃昏
老是想念父母／秋天黃昏

③的神父讓人聯想耶穌的受難。作家是憎恨他、輕蔑他的眾人之一。神父復活。在作家的筆中，作家也不知為什麼會寫神父。神父的舊手記本中寫道，人，沒有比為朋友而死的愛更偉大。

②成瀨夫人。提列茲．提斯凱爾。她的善意變成惡。一定要寫這樣的物語。

①他　緬甸戰線　僧侶

九月三十日

午前，新潮社宮邊氏來訪。

夜，於原宿的基督教藝術中心聽京大的岡田節人教授談「生命學與細胞」，頗有吸引力。教授年近七十，身體健壯，喜諧謔，深入淺出談隱藏在細胞的生命力與生殖力。所謂生殖力就是生命的恢復力，所謂生命力，是藉著與多樣細胞的溝通，保持整體的力量，包括形態的形成。

放完幻燈片之後，談了二小時，我完全被吸引了。

會後廣石⑭君送他的新書《遠藤周作的直線》給我。有獨到的研究。

⑭廣石廉二，研究者。

十月一日（豪雨）

雨。在花房山撐著下巴思考小說。

如果題目，或者有與心情關係密切的事件，我的小說就會進行得順利。①是現實發生的事件②與③還沒有。沒有的話文體就不緊密，只是觀念性。無法細密設置伏線。

中午，在都飯店與夫婿是日本人、本身很有魅力的英國夫人交談。日本人夫婿不時抱怨沒有夫婦的共同生活；夫人言談之間一直嚷著不想自己就此被埋沒，果然是白人女性。

十月二日（星期二）

到牙醫看診。

在京王飯店和從倫敦回來的園子小姐們、池田、高野氏用餐。閒聊，甚歡。

十月三日（星期四）

午後，鈴木先生來，下指導棋。

夜，到曙棋所。覺得自己稍微厲害了一些。

十月四日（稍晴）

與エクスプレス⑮的女記者ポン在都飯店會面。對法國女性，我怎麼說都沒好感；不過，對這個人的感覺還好。前年，到東京來硬要我請客的巴黎高師畢業的女性，回去連一封謝函也沒有。從那

⑮報社名稱。

之後，我討厭法國女性。

夜，在「重よし」宴請風間(完)先生與日經宝玉氏。風間先生說他幼年時代，除了繪畫什麼都不會。我念小學時也有那樣的少年。教師們無法理解那樣的小孩。

十月五日（星期六）

一整天在花房山工作坊。少見的晴天。

我相信氣。遇到陰氣或逐漸沒落的人，我覺得他的氣會轉移到我身上。

十月六日（星期日）

午後，皆川先生來。三局，一勝二負。

十月七日（星期一）

月曜會。針對「比克的神學」討論。與談者之間，間瀨教授與門脇神父之間辯論激烈。其實，應該說吵架。外頭，大雨。身為主持人的我，被比克的觀念與傳統的基督教論分裂，感到為難。

十月八日

夜，下圍棋。與黑井氏對奕，一勝三敗。（不過，三敗是先讓

二子，邊喝酒邊下的）

十月十日（星期四）

放假日。讀津島佑子的長篇。

十月十二日

偶然找到小說的開端。受利光（松男）⑯之邀，在日航留學生會演講時，談到遠藤五郎家人被波爾布特⑰政權殺害的遠藤五郎的故事，越南學生的故事。回程汽車中突然這故事刺激到我的無意識。對了，為什麼不能把成瀨夫人跟這故事結合呢？

傍晚，到大分。

⑯前日本棋院理事長，日本航空顧問。
⑰一九二八～九八，柬浦寨政治家。

十月十六日（星期三）

昨夜參觀杵築的「家老屋敷」日暮，無人影，黃昏的「家老屋敷」步道上，兩位老人等著我。我來過兩次，參觀內部是第一次。各個房間都點著燈，庭院的大樹在風中搖曳，上弦月高掛天空。昔日夜晚，不覺得這麼暗。

十月十八日

二日前才去大分今天又到北海道的旭川。老骨頭還挺得住這樣的舟車勞累。

機上偶遇黑井氏。他也是到旭川附近演講。

旭川下雨。三浦綾子夫婦來接。三浦先生建議到郊外的美瑛町高原參觀。紅葉顏色鮮豔，田地稜線好美。

夜晚，演講，雖下雨，聽眾超過千人。

十月二十日（晴）

秋天長雨之後久違的放晴。早上加藤夫婦來接，搭十點八分的新幹線到京都。朋友們投宿國際飯店。距離夜晚賞月還有時間，於是搭計程車到京都芭蕉庵，參拜庵後邊的蕪村墓。

五時，到嵯峨之家。跟先到的順子會合後到大沢。月亮終於從雲間出來，是賞月的絕佳之夜。船夫，用竹竿撐船，滑到湖畔的蘆葦附近將船停住，聽中川先生吹笛。月下波光粼粼，不時傳出森林中鷺的尖銳叫聲，滿天星星，笛聲幻妙。語言無法形容的一小時。船繞池一周回到岸邊。一起回到狐狸庵用晚餐，談笑。十時散會。

很久沒住別墅；順子半夜氣喘，幾乎沒睡，看顧她。

十月二十一日

早上，繞到聚樂亭遺跡的千中本町一帶，參觀羅生門遺跡後到車站。跟投宿飯店的朋友們會面後回東京。連日的疲勞，實在吃不消。

十月二十三日

英國屋⑱來，試衣服，二件。

⑱西服裁縫店名。

十月二十四日

在橫濱高島屋舉辦拙著簽書會，簽了百本以上，好累，回家。

十月二十六日

到大阪投宿老爺飯店。夜，與我牙齒的主治醫師福岡先生、小山先生、加藤在宗右衛門町的河豚屋用餐。河豚不用說，其他珍味，皆美。

十月二十七日

赴姬路演講。

十月二十九日

讀賣新聞的松村君來訪。午後，與圍棋先生下二盤。在佑天寺的「寿し兆」與西村洋子、鹿內美津子用餐。

十月三十日

新潮社文庫的人來。傍晚，韓國留學生李小姐來訪。韓國公使的千金在御茶水大學專攻日本文學。

十一月一日（星期五）

工作坊附近有行人坡。我每天從花山房出來到目黑通，常在車站前叫計程車回家。有一天，想轉換心情從與權之助坂平行的小路散步下來。在很陡的小路中途有座寺，樹木蔥鬱，從豎立於寺門的牌子知道這個斜坡是江戶時代開闢的行人坡。之後，我走這個斜坡總覺得很愉快，有趣。

十一月二日

午前，讀賣新聞的松村君來訪。

十一月三日

到福島。紅葉雖鮮豔；但無夏日搭臥鋪車北上東北之美。或許是秋陽微弱風景蕭索之故？

車中，讀三浦朱門的《家長》。從小孩眼裡看老化中的負面，沒有小說寫得這麼殘酷。這裡沒有老化的正面意義。

十一月六日

加登先生來訪。診察。

傍晚，講談社的木下先生來接，到築地。在「金田中」評審野間文藝獎。河野多會子的《採集木乃伊獵奇譚》獲全票通過。結束後到「遊膳」，跟其他評審一起用餐。

十一月七日

午後，按摩。

十一月九日（雨）

久違的大岩修女與高橋高子來訪。談約二小時。高子說往後的生涯要過撰寫靈方面的東西，而非小說。

十一月十日

今年秋天長雨之後來訪時，已是晚秋。藍空宛如蓋了面紗毫不精采，我從花山房的工作坊登上目黑通的斜坡路常想起里昂寂寞的晚秋天空。斜坡路上泛黃的葉子掉落，提著籃子的外國老婦人下斜坡的樣子讓我聯想到佛爾比兒山丘（La Colline de Fourvière）⑲的一角。想想年輕的日子已遠飄遙逝。我明年就六十九歲。

⑲位於法國里昂西部。

十一月十一日

《現代》的記者來訪。問了許多有關少年時代的事情。半夜醒來數次，半是朦朧，構思長篇的一部分。

夫人因憐惜老人而殺死他，是拉斯科利尼可夫⑳的原理。總之，就是寫，要開始寫。雖然深深了解這道理。

十一月（未標日期）

一天比一天寒冷。大衣也非得穿冬天的大衣不可。沒有一天不覺得一天比一天更接近自己人生的終點。

每晚，煮小火鍋喝酒，驀然回想年輕的時日。散步在巴黎st. ger-

⑳杜斯妥也夫斯基小說《罪與罰》中的英雄。

main. des pres 的晚秋，被七葉樹樹葉覆蓋的協和廣場。還有雪花飛舞的 Jurudan 醫院的聖誕夜。我也有過那樣的日子。

十一月二十三日

傍晚，山口時子小姐來。拿藥來給我。一起到行人坡下剛開幕的雅敘園飯店參觀閒逛，對其俗氣覺得驚嘆。飯店內滿是參加婚禮的賓客。反正都來了，一起在裡邊的牛排館用餐，在目黑車站搭飯店專屬的巴士回去。跟時子分手後我搭計程車回家。

十二月三日（大晴天）

到愛知縣江南市。有講談社、日經新聞、文春的人士，以及新人物往來社的高橋氏、加藤宗哉等多人。在犬山飯店放下行李，我和加藤到江南市的高中演講。之後，在觀音寺出席前野家的子孫吉田龍雲氏主辦的將右衛門㉑，和景定公㉒的慰靈祭。想想幾百年來世人知者極少的這個主角將在本人的《男人的一生》登場，而為世人熟知。這是託吉田兄弟編的《武功夜話》之助。夜晚，在犬山飯店與各出版社人士相談甚歡，及至夜半。

十二月四日

晴天。在高橋君的引導下搭巴士登上犬山城，之後沿木曾川往松倉城遺跡而去。木曾川的水流與五月來此取材時氣氛不同；不過水流悠悠，與將右衛門所見的風景相同。

㉑前野長康，本名坪內光景，日本戰國時代武將，豐臣秀吉家臣，通稱將右衛門。
㉒前野長康之子。

十二月七日

演講後回家。晚餐後與妻赴羽田。投宿東急飯店，準備前往台北。

十二月八日

從羽田機場搭八時五十分的中華航空到台北。約兩個半小時，中午時候抵達台北。投宿圓山飯店。等妻更換衣服，在輔仁大學林水福㉓老師接待下前往輔大。

大學正在辦園遊會，在林老師的辦公室稍事休息後到耕莘樓出席名譽博士㉔的頒贈典禮。校長致詞後，由我演講。

㉓當時任職輔仁大學，兼任系主任。由系往上呈報獲通迴頒發名譽博士應是第一次。

㉔輔大第一次頒給作家名譽博士學位。當時校長是羅光總主教。之後遠藤周作年表列入獲輔仁大學名譽博士乙項。

之後，有大學主辦的宴會。場所在台北的飯店。比從前來台北時的飯店豪華許多，顯示這國家的經濟發展狀況。回飯店時已晚。

十二月九日（星期一）

參觀故宮博物館。精緻至極的壺、書法，讓人嘆息。

夜，與林老師一起用晚餐，逛龍山寺。

十二月三十日（星期一）

早上到新宿的牙科接受治療。從昨天開始眩暈厲害，身體疲憊。午後在自宅靜養，臥床。

十二月三十一日

平成三年最後的一天。余以病弱之身終於過完六十八歲之年。昔日，曾想過能活到五十歲就好，如今感覺如夢。不能不感謝讓我活到今天的神。

夜晚，與妻二人用餐。恐睡不著，吃二顆普強（Solanax）㉕後就寢。

㉕一種抗焦慮劑。

平成四年

一九九二年

深河創作日記

元旦（星期三）晴

像是正月的晴朗天氣。久違的陽光，和煦的一天。今年非完成長篇不可。

傍晚，到工作坊拿賀年卡，比往年少。回程，到行人坂的大円寺參拜，約二十人的家族參拜者，陸續聚集寺內。在大鳥神社看到穿和服的男女拿著破魔矢❶準備回家。晚上，安眠藥減量，不知會睡得如何？

正月二日（星期四）晴

今天也是晴天。閱讀立花氏的《日本的猴子學》直到下午。

❶日本神社授予的驅魔吉祥物，新年期間用於驅邪祈福。

二時，到曙棋所和宇宙棋院的人下今年第一次棋。實力未增進。龍之介也來。搭他便車回來，吃茶泡飯後就寢。

正月三日（星期五）晴

晴天。

午後，用加藤的車子載賴近美津子、深津純子（朝日）到淺草。在雷門附近載泉秀樹，參拜待乳山聖天。或許是近傍晚時刻，參拜人數不多，不過，穿和服的男性，盛裝打扮的少女，登石階，拉鈴，尤其是雙手合十的情景，如往年。

到三圍神社，然後到淺草；雖已三日，「藪」沒空位，沒法子只好把車寄放飯店去吃牛肉鍋。賴近君，因患壞疽沒精神。

買一個「羽子板」，回家。

一月四日（星期六）晴

今天也是晴天。正月連續晴天，少見。按摩後回家。

一月五日（星期日）

今天天氣也很好。到工作坊整理從去年就非整理不可的東西，要內人來接我回家。開始讀中村稔的評論《駒井哲郎》。

一月六日（星期一）

塩津❷，今天來上班。

❷跟隨遠藤周作多年的祕書。一九八六年輔大外語學院舉辦「文字與宗教」會議時，塩津隨行翻譯成英文。

應該插入的故事

如Nossack❸的小說

①離去的妻子　表現人的悲哀

②那封信　桂林之夢　看照片出現夢中的風景

想寫摻雜人的悲哀的小說。如果不這樣祈禱就不會出現。

一月七日（星期二）

在醫院的成瀨夫人

去見丈夫的妻子。兩人都患癌症。

❸德小說家，一九〇一～七七，超現實主義者。

離開丈夫的妻子　丈夫是生活規律的丈夫

吃人肉的士兵　拿肉給人吃的神父

一月十日（星期五）

秋野（卓美）打電話來。為眩暈所苦。問了症狀，是跟我感冒很像的支氣管炎。了解連續大約十天的眩暈原因之後，愁眉稍解。

一月十一日（星期六）

午後，按摩之後，英國屋來量衣服。

終於（雖非本意）小說稍有進展。

一月十二日（星期日）

天甚寒。到工作坊，只寫了一點點小說。此後，是長長的險阻道路的開始。

夜，與妻看電視日中登山隊登喜馬拉雅山七千公尺以上高峰的紀錄片。雪崩，流雪，與冰對決一步一步前進，在風雪之中搭帳篷。可說是苦役的努力。

「這是何苦呢？」

妻多次問。一位日本人死於雪崩。

一月十三日（星期一）晴

廣石君來訪。

多年老友，也老了。他有兩個孫子。今年七月從小學館退休。

夜，偕妻帶福岡牙醫訪阿久津先生公寓。

一月十四日（星期二）

早上，加登先生來，量血壓一七〇／九〇。一直以為眩暈是感冒造成的，或許是血壓引起的？我說不定有一天會倒下去。

病痛之身，終於接近七十，保持不懈精神。

一月十五日

愛已枯竭的美津子與勝呂醫師之間演出彷彿愛的行為的場面。

在品川王子飯店有依往例針對 O-Ring 試驗的對談。在飯店內的天婦羅店和賴近、西野先生、藤本等用餐。

一月十六日（星期四）

晚上，在銀座的小料理屋用餐。賴近、西村洋子，還有古木氏。為賴近氏環球社音樂會的事。

一月十七日

奈良的玉谷（直美）小姐寄來如下的信函。「跟無意識交往會變得軟弱，迷惑會更深，最後會發生在罪與惡之中痛苦得滿地打滾的悲劇，反而不相信光，所以我覺得不能和無意識打交道。

（無意識的岩漿）要是噴出來遠藤先生也會受傷害的恐怖感，讓我感到震顫。先生說無法描寫氣度在自己之上的主角，我想這就沒問題；不過，我想惡魔會悄悄過來讓先生的筆移動。那時候會進入超越許多人祈禱的領域，我害怕得發抖。」

玉谷小姐的這個忠告非常珍貴。看穿我擔心的事。

一月十八日

可能是眩暈的關係吧！老是無法集中精神於小說上。甚至想跟當初不同的構想寫下去，不過

①美津子和勝呂醫師由於幫旅行團的一人治療，貧窮的司機拜託他幫小孩動手術。

②美津子覺得可以遇到另一個自己（能夠愛人的自己）。覺得在德蕾莎修女底下工作的修女是那樣子的感覺。她與那個日本修女閒聊。

一月十九日

究竟這部小說有繼續下去的必然理由嗎？我束手無策從書齋拿出貝爾納斯（Georges Bernanos）的 *Monsieur Ouine* 閱讀。

一月二十日

朱利安．葛林（Julien Green）❹的日記Ⅰ．Ⅱ

想知道葛林如何克服輪迴。

❹美裔法語作家，法蘭西學院院士。

一月二十三日

安岡❺的來信

「今天給我電話，親切的關懷，謝謝！其實那時是我因為激憤而感到丟臉，是最脆弱的時候。我會注意，以後不要為這樣的事再麻煩您。那通電話真的救了我！」

庄野❻寄來的明信片

「不要為血壓高所苦，要有耐心跟醫生商量，

一、晚上睡得好

二、因此，白天要認真走路（累了自然睡得著），我午前跟午

❺指安岡章太郎。

❻指庄野潤三。

後二次加起來走將近二小時。
三、要控制鹽，要多吃蔬菜和海帶。飲用適量的酒。
四、吃降血壓的藥。
以上謹供參考，我堅守原則，請保重！」

一月二十四日

今天小說終於稍有進展。（好壞另當別論）說不定能完成。相當費力。
廣石君來。似乎瘦多了。表情凝重，「做了胃的檢查，也做了細胞取樣。」
認真的男人，他的難過，我能了解。深為同情，希望沒事。

一月二十五日

夜晚，在山上飯店與吉田龍雲氏之弟、高橋（千劍破）、藤田昌司三人針對《武功夜話》對談。

眩暈已經持續一個月。

一月二十六日（夜）

G・葛林（Graham Greene）《The Human Factor》的一節

「我有一段時間相信他信的神。不過，只有一半。有一半相信卡森的神。總覺得我這個人，無論什麼事，似乎天生只相信一半。」

主角卡司爾的話，在我的小說中成為積極的主體。

「我對基督宗教的神，印度教的神只相信一半。重要的不是形式，而是在其他人之中發現耶穌的愛的時候。耶穌也在印度教之中，也在佛教徒之中，也在無神論者之中。」

一月二十七日

清晨作的夢。

看到隔壁家院子裡的象群。我有點不滿；不過沒抗議的意思。不久象群中一隻灰色的長毛象往相反方向跑出去。我催促妻子躲入家裡。從家裡的窗戶往下看，有五六個鄰近的人，他們準備在界線架起柵欄。

一月三十日

早上，在加登醫師的陪伴下到東京醫科齒科大學赴診。由於眩暈一個月以上，先做腦的C．T掃描，順便檢查肝臟。跟平常不同，是女檢查師。

然後到耳鼻科請松島醫師介紹的小松崎教授診斷。「結論先說，」教授說。「不是什麼大病，是容易治療的眩暈。」聽力檢查結果，就六十八歲的年齡來說非常好。

我放心了，跟加登醫師到山上飯店，和妻一起吃天婦羅。跟石井君在時相比，味道稍差。石井君到舊文春大樓開店。

一月三十一日（星期五）

午後加藤（宗）開車，欣賞賴近君與宮尾登美子的戲。客滿。因賴近君的姐姐參與演出之故。

結束後繞到帝國飯店，在「黃金獅」用餐。叫了一瓶白蘭地「クルトワーズ」，四萬五千圓。

走出飯店，外頭開始下雪。銀座的夜晚，下雪別有風味。想起年輕時候，在銀座的「葡萄屋」等隨意逛隨意喝的情景，有點感傷。繞到「グライエ」見媽媽桑之後回家。

二月一日（星期六）午後轉晴

大雪。從昨天到現在都沒做事。

傍晚，到大倉飯店出席山口統先生千金的婚禮。結束後與妻回家。門前的雪結凍，有時腳打滑。孫子們在家等候著。

二月二日　雪停　放晴

在花房山的工作坊，稍稍做事。遲遲無進展。

這次的小說《河》究竟會往哪邊發展？變成什麼？我也不知道。只是可以確定的是非得越過幾座山不可。

我明年就七十歲。身體沒有強健到能活到七十歲。所以，能活到今天非感謝不可。

二月三日（星期一）陰天

在花房山的工作坊稍事工作。其實，是改寫。

青春出版社的西村局長與浦野君一道來。

夜晚，與賴近君到「壽司兆」用餐。

二月四日（星期二）

寫小說途中，為了讓耳中有某種頻率，常常讀莫里亞克或G．葛林的小說。

這次又翻閱葛林的小說，對他高明、充滿情感的文體，深為折服。我的小說是多麼枯躁燥無味呀！

每個月，出版無數的書，發表無數的小說，閱讀它們，感到空虛的只有我一人嗎？

今天，沒有人看武田麟太郎。沒有人看島木健作。作為古典留下來的只有漱石、荷風、鷗外、三島吧！

文春．森氏、ＰＨＰ的福島氏等來訪。

夜晚，與有一陣子沒見面的樹座幹部們到神田的「牡丹」吃雞肉鍋。這家店我有五、六年沒去了，店員還記得我。回程繞到大倉飯店的酒店後，回家。

二月六日

明天要到鹿兒島，所以提早一天撰寫朝日的稿子，夜晚，與古木（謙三）氏、賴近小姐到赤坂的三得利大樓內用餐。餐後到大倉飯店的酒店，宿一夜。

二月七日

搭古木氏的車子到羽田。高野、池田、關已到，加藤也來了。搭九時半的飛機到鹿兒島。櫻島的噴火如白雲。演講結束後，出席古木俊雄在城山觀光飯店舉辦的出版紀念會。鹿兒島的名士出席眾多。

二月八日

搭古木氏預備的巴士到櫻島觀光。

昔日，撰寫《火山》時曾來這裡。火山爆發的遺跡比櫻島氣象台長說的更震撼。

又搭渡輪到古里，回市途中，依古木所指方向望過去，昨日只有白煙的火山，浮現如雲層的黑煙，突然大量擴散高升；走在港口附近的人並無驚訝之態。或許已經習慣了。繞到加治木附近供應山菜的餐廳用午餐。從那裡直接到機場回東京。

東京下了很大的霰，趕到津田廳原田的馬特諾電子琴（Ondes Martenot）❼演奏會，頒發獎狀，出席餐會後回家。接近七十歲的身體，真的是好累的一天。

二月九日（星期日）

望彌撒之後到花房山工作坊，一直到黃昏聽著Saint-Sanes的大提琴的協奏曲，撰寫長篇《河》。

❼最早的電子合成樂器，發明於一九二八年。

今天寫的是在緬甸戰線吃人肉的男子，津田入院的情景。

語言及意象皆薄弱。羨慕葛林的高明。

津田物語之後，

動物與人的交流。——以動物象徵耶穌。

其開頭

「雖說神透過人的嘴巴說話；有時神透過鳥或狗等寵物，人喜歡的生物之口說出來，不是嗎？」

夜晚，與山口醫師在「壽司兆」用餐。

二月十日　陰後晴

夜半，感到腹痛。是因為感冒或昨夜吃了「壽司兆」的魚的關係嗎？

二月十二日

到南平台，於多明尼哥修院和馬爾塞出身的利貝洛神父聊了一下。

二月十三日（星期四）晴

小說遲遲無進展。意象僵化，文章囉嗦。或許是年紀大，文章沒有活力。

藉著閱讀葛林的小說想尋求突破方法，不過，連《愛情的盡頭》我都覺得無趣。以往曾經讚嘆這部作品的小說技巧，除了兩人戀愛場面（洋蔥出現的場面）其他都無所感，只覺得勉強讓作品中人物移動而已。撒拉❽的日記明顯的是模仿《窄門》（*La PorteÉtroite*）的阿莉莎❾日記。

二月十五日（星期六）晴

《愛情的盡頭》裡主角的小說家一天寫五百字，超過二十年（我想應該是葛林吧！），平均一週工作超過五天。

「我經常非常有規律，只要達到一天的分量，即使是場景的中

❽格雷安・葛林的作品《愛情的盡頭》主角名。
❾紀德作品《窄門》主角名。

間也停下來。每一百字就在稿紙上做記號。」

我寫純文學時，寫日文一天一張稿紙的話，進度會趕不上。通常在稿紙的背面寫得密密麻麻，大致是一千二百字到一千六百字左右。

而最近大概一半就覺得好累。言語粗糙，意象缺乏情感。是年齡的關係嗎？心有戚戚焉。

夜晚，與賴近君在大倉的「山里」吃天婦羅。

二月十六日（星期日）晴

早上，望彌撒。跟平常不一樣的是今早的彌撒，母親和哥哥充分感受到在其秩序中的神（基督）的愛。更準確地說是想起少年時代夙川教會的回憶，讓我充滿幸福感。我打從心底覺得這兒是人生不是生活。（到星期六為止，我每天過的是生活。）今後要出席每週的彌撒。接觸人生！感受到喜悅，彌撒結束，聽母親喜歡的聖歌。

二月十七日（星期一）

從法國寄來我的小說《沉默》的法譯本。德諾也爾社（ドノエル）重印以前卡而曼・列比依社（カルマン・レビイ）的版本。

看著它，同時想起從前留學時代，細雪紛飛之中（記得是穿過Jurdan醫院）以羨慕的眼光望著排列在布魯・米修書店櫥窗的小說和評論，心想「自己什麼時候可以當小說家，可以被譯成法文」，那以希望和絕望混合的心情注視著的「哀傷的季節」。

為了用午餐，我單獨一人走出花山房的工作坊，往公園方向走。在名叫「阿羅阿羅」餐廳的三樓邊用午餐，邊眺望冬天微弱陽光下從前是大名宅第的公園。冬天的太陽和公園，以及安靜的餐廳氣氛，讓我想起里昂的一角。我已快七十歲了！

二月十七日（日期重複）晴

腹腔不適。開始閱讀G・葛林的《完全燃燒的人》（*A Burnt-Out Case*）。果然是壯年、五十幾歲的小說。意思是五十幾歲是迷惘多的年齡。這裡寫著葛林人生、信仰的迷惘。

我這次的小說也一樣。不同的是以近七十歲的我的人生和信仰的迷惘，就像就汙垢一樣祛除不了。似乎是因為那污垢，我寫著小說。

夜晚，在「遊膳」和朋友用餐。歌舞伎的（市川）染五郎君也加入。

二月十八日（星期二）晴

我去用午餐的「シェシェ」是一家安靜的店，午後一時半，除了我，只有一個外國女性和一個男子，此外別無他人。外國女性看英文報，口中念念有詞。從網狀窗看得到太陽照射的人行道。回程，突然很想喝咖啡，到咖啡廳喝一杯咖啡之後回工作坊。

小說，感覺是勉強寫下去。

題目是「我的老師」，為週刊朝日寫芥川比呂志，寫了五張稿紙。

二月十九日（星期三）晴

夜晚，到御茶水的日仏會館⑩以「日本人的宗教心理」為題演講。大廳客滿。

結束後，宴會。在許多日法人士圍繞中，談笑。

二月二十日（星期四）晴後夜微雨

夜晚，出席在卡薩爾斯廳表演的遠山慶子、塩川悠子的音樂會。莫札特 K304 是絕品。

⑩以日法文化交流為目的設立的財團法人，位於澀谷區惠比壽。

二月二十一日

午前，原山君來訪。午後，韓國女子大學學生、研究所學生及其老師來訪。聊了有關拙作的研究。

午餐，由於腹部不舒服，在「シェシエ」吃雜菜麵。

夜晚，與朝日新聞、深津小姐到「壽司兆」。

二月二十二日（星期六）

腹痛。

二月二十三日（星期日）

寫小說時葛林給我刺激。以往是莫里亞克。

例如，

「我心中開始蠢動的下一個物語……我想到的物語，偶然的巧合因接連發生的事而動搖，被推翻，最後接受了難以相信的東西——神的可能性。」

二月二十四日（星期一）

《完全燃燒的人》與其說是這個年齡的G．葛林的心靈危機，不如說是擁有過多基督教讀者的、一個小說家的心靈負荷的老實告白吧！在這意義上，我以和主角凱利相同的心情翻閱它。欺騙讀者，也自欺的主角凱利的告白是真實的。

午後與高円宮（皇族）對談。於明治紀念館之一室。

夜晚，於岩波大廳欣賞電影《密西西比——馬撒拉》（Mississippi Masala）。印度姑娘與非洲青年的戀愛故事。這是以前受感動的《撒拉姆・龐貝》（Salaam Bombay）的導演蜜拉・尼羅（Mira Nair）的作品，因此充滿期待而來，不過，不如上一部作品。

二月二十七日（星期四）

夜晚，與常在一起的朋友在池田沙龍聚會。請兩個ＡＮＡ的空服員扮留學生嘲笑他。

二月二十八日（星期五）

為了用午餐到「阿羅阿羅」，用餐，欣賞已有春意的公園的森林，緩緩啜飲一杯白葡萄酒。腦中想的還是小說。

二月二十九日（星期六）

與山口時子一起去欣賞電影《醫生》（doctor）。於「壽司兆」用餐。

三月一日（星期日）

彌撒之後回到工作坊。

《完全燃燒的人》說到凱利被射殺的場景，雖帶有些微的通俗性，但也沒辦法。

依理查·凱利（Richard Kelly）的《格雷安·葛林的世界》（*Graham*

Greene: a study of the fiction），那時候的葛林深受德日進（Pierre Teilhard de Chardin）的書感動。果然，主角的凱利有那樣的味道。那味道我覺得跟紀德的神的概念相似。

我的小說終於開始有了融冰的感覺。結凍的冰河，逐漸出現裂痕，開始流動。或許是傲慢，如果順利，甚至覺得可能是我作品中相當優異的。只是，年齡的悲哀呀，稍微寫一下就覺得累。從前稿紙二張寫得滿滿的，現在一張半就累倒了。

三月三日

跟三好修女、竹井修女到佑天寺用午餐。

夜晚，與校條君、宮邊君在「重よし」會合，飯後到銀座的

「アンシャンテ」。

三月四日（星期三）

岩波、所氏來訪。

三月五日

為《THIS IS 讀賣》寫稿十張。

三月六日

身心皆喪失信心。小說也一樣。遲遲無法進展。充滿挫折感。

三月七日

她知道以前愛的男子當了神父，在印度。那個男子是作印度教打扮的神父，幫印度教徒的病人浸泡恆河。（這個男子不久有了深津這名字）

三月九日（星期一）大晴

出席「環球舞台藝術賞」頒獎典禮，與古木、賴近君在全日空飯店用餐。

三月十日

感冒終於痊癒。

出席日活藝術學院的畢業典禮。

三月十一日

藝術院賞評審。

結束後到向島，在「大漁」吃河豚後回家。

麥克．威廉來訪。

三月十二日

總之，斷斷續續的；新登場的前神父的存在越來越大。他會死吧！不過，是死在誰的手裡？或者因事故而死呢？曖昧。大概會被印度的婆羅門人殺害吧！

G．葛林的小說寫法

①我在政治方面、愛情方面都不是完美主義者。書寫時努力成為完美主義者。

②我的目的是滿足於自己創作的東西。我知道絕對達不到那目的；但是，盡可能，如以織布機重織百次以上作品，始能滿意。

③我心中對自己的經驗或其他作家的作品，覺得有趣，或者無趣──純粹以技術的觀點來看──經常存在著從實例產生的各種理論。

④自己寫的東西，好或不好，不久會知道。例如知道情節發展得不好。這對小說家而言是最麻煩的。

⑤我寫作上存在著形容詞妨礙情節發展的可嘆傾向。因為這會

使得行動變遲鈍。即使有了能讓情節迅速展開的幻想，但還是沒辦法描寫得好。

⑥基本原則。除非必要，否則盡量避免形容詞。但是，最重要的是避免使用副詞。打開某一本書，就看到寫著如此人物「很有精神回答」或者「溫柔地說」等，我就把書闔起來。為什麼？因為不是用副詞強調，而是應該讓會話本身表現出精神或者溫柔。

⑦描寫某個場面——不是人物而是街道等的背景，我不是以靜止的照相機，而是用移動的攝影機的眼睛捕捉。我工作時感覺手裡拿著照相機捕捉人物的動態。因此風景是活的。

她喜歡他。然後成了燃燒完了的人。

A尊敬他。接受洗禮。

她跟A都被他背叛了。

她在櫃台聽A打電話。聽到話中開始出現他的名字。

三月十八日

在廣島演講。二千三百個座位座無虛席。但是我自己有避免來這裡的理由。即使從ANA飯店的窗戶看寬闊的街道和海灣，也讓我想到多數市民痛苦的那個日子，心情暗沉。

三月十九日

終於開始書寫她跟他接觸的情景。朱利安．葛林的《莫伊拉》

（*Moira*）的一個情景值得參考。

三月二十二日　晴

到長崎，為拍攝《沉默》的錄影帶。

長崎變了許多。奇妙的是，小說中多次以長崎街道為舞台，我心中的長崎竟然與現實的長崎不同。或許是熱情耗盡的關係吧！

三月二十三日

長崎下雨。我住的是新蓋的王子飯店，可惜從窗戶看到的卻是煞風景的造船廠。唯一值得安慰的是可看到從前二十六聖人被處火刑的西坂。

三月二十四日

她愛的他在我心中逐漸轉變成《傻瓜先生》⓫的主角加施頓。

三月二十七日

六十九歲生日。朋友們在赤坂的「重箱」為我慶生。

三月二十八日（星期六）

夜晚，與深津先生（朝日新聞）用餐。

⓫遠藤小說名稱。

三月三十日

到大分，在津久見以大友宗麟為題演講⓬。結束後與津久見市長等用餐。夜半，回大分，投宿東洋飯店。

三月三十一日

飛大阪，投宿老爺飯店。在宗右衛門町的小料理屋用餐。便宜又好吃；可惜宗右衛門町或道頓堀沒這麼有意思。

四月一日

到京都，在微雨的祇園散步欣賞櫻花。夜晚，宿嵯峨野的狐狸

⓬日本戰國時代天主教大名，初皈依禪宗，後改信天主教。

庵。

四月二日

到龜山，下保津川。山櫻已經開始綻放。渡月橋附近果然人群眾多，嵐山的櫻花盛開。

四月三日

在狐狸庵享受春天的嵯峨。鶯啼，在二尊院社內與妻吃涼品。夜晚，請松本章男夫婦在「三榮」用餐。投宿都飯店。

四月四日（星期六）

回東京。一星期不在東京。全身都痛。

四月八日

加登國手來訪。檢查血液。

四月十五日（星期三）

出席首相招待的新宿御苑的「觀櫻會」。人數之多讓人啞口，與妻速速離去。

四月十七日（星期五）

在漢方研究會，對M夫人的厚臉皮啞口無言。

這陣子，小說稍有進展。因為主角之一的美津子開始動起來了。有堅硬的冰塊開始融解之感。今天她開始蜜月旅行。

四月十八日

三田文學總會。以理事長身分出席，到三田、東京王子飯店。帶著一身疲累回來。

四月十九日（星期日）

復活節。與妻到教會，送我到工作坊，腹腔不舒服，還頭痛。午後到「一茶庵」喝一杯，總算可以靜下心來開始工作。與其說人物一點點、一點點移動，不如說我無意識開始給予人物血與肉。終於有了如果順利的話說不定可以寫得很好的期待。

四月二十日（星期一）

非常好的天氣。在花房山的工作坊，開始寫女主角從 Landes 到里昂會見神學院學生的場面。

小說一點一滴逐漸具體化。

傍晚，看阿久津醫師，接受治療。

四月二十一日（星期二）

早上，在廁所看到血痰。昨天阿久津醫師才說極為良好，心情轉好；感到沮喪與失望。

說不定是鼻血，先暫時觀望。

夜晚，應辻靜雄氏之邀，赴近南平台的辻氏家晚餐。感覺從未有如此美好的晚餐。魚子醬、鵝肝、清湯、小點心每一種都是完美的。只是可能有五千卡路里的這一餐對我而言非謹慎不可？金田夫人送我回家。

四月二十二日（星期三）

血痰的量稍減。是鼻血嗎？

今天描寫美津子和深津在索恩河畔散步聊天的場面。要注意言語不要過分露骨。

四月二十三日（星期四）

小說，碰到瓶頸。

讓深津談一種神學論，讀者會不會沒興趣？感到不安，總之寫完美津子在里昂的部分。

深津逐漸孤獨，只活在愛裡……最後被活在德蕾莎世界的印度教徒殺害。然後，屍體同樣在恆河畔被燒掉，丟入河裡。後來美津子加進來的構思逐漸鮮明。

四月二十五日（星期六）

夜晚，與妻到澀谷在「三魚洞」用餐。欣賞電影《誰殺了甘迺迪？》（JFK）很久沒有和妻子這樣過星期六了，希望有時候能這麼過。

讀《福田恆存與戰後的時代》（土屋道雄），從中找到明顯表現美津子內心的言語。

「我無法真正地愛人。從未愛過任何人。這樣的人為何可以主張自己在這世界的存在呢？」

五月一日（星期五）

具有超能力的美國青年喬治，由日本人帶到工作坊來。施作超能力，於是母親、哥哥、伯父、父親出現。明樂兄也出現。他說，母親逝世時來迎的是明樂兄，正介兄死時來迎的是母親。能相信嗎？或者不能。因為無法理解的事或人——不應該出現的人（昭和天皇）出現了。

五月二日（星期六）

小說意外地展開。

美津子稍後退，深津開始到前面來。

深津被趕出修道院，到印度，受德蕾莎的影響從事救助印度教徒病人的工作，由於照顧賤民（untouchable），不久被印度教徒們殺害。

最後的場面

深津在印度教徒的火葬場被焚燒，他的灰跟印度教徒一樣丟入河中。河是愛之河，靈魂之河。美津子沐浴其中。

可能是這樣的發展。

五月（未標日期）

終於寫到美津子的同窗會。

印度教的上層有不可碰觸之處。由於破壞這樣的規則，深津被殺，從某部分非表現壓迫感不可。深津之死必須與入耶路撒冷的耶穌之死重疊不可。被作賤，被誤解，為愛而死的深津。

五月十二日

新潮社宮邊氏來訪。說《王之輓歌》兩三天內可以看打樣稿。

夜晚，與池田、加藤一起請關先生吃烤雞肉。

五月十三日

寫美津子夜晚照顧木口的部分。

「所以不能說技術啦！工匠藝術啦！我非常依賴自己無意識中相信的東西。

有時，輕輕碰一下，魔術介入。例如，其他部分需要調和的要素現在正是時候，在我不知不覺中出現。」

葛林的對談，就像我現在寫的部分。提列茲・蒂思凱爾（Therese Desqueyroux）或木口的囈語以這種方式有所助益，是寫那部分時想都沒想到的。

五月三十日

早上，冒著豪雨前往小松（金澤）。加登國手到機場接我。搭他的車子到「やすけ」用午餐。這裡的壽司果然很好吃。雨中來到接近福井，距離上次來一乘谷參觀朝倉館遺址已很久了。看了一些挖掘出來的茶碗、茶器、酒壺等。

在金澤繞到近江市場買了下酒菜，回全日空飯店。同行的宮辺、校條君他們去參觀兼六園及武家住宅。

夜晚在「島」用餐。比第一次來這家店時，感覺有點太講究。之後到「東」欣賞舞蹈及笛子。對於舞蹈大受感動。

五月三十一日

搭早上的飛機回東京。在花山房的工作坊小憩。疲勞仍殘留體內。

小說，停滯。美津子找尋深津，與沼田在街上相遇的場面。摻入結婚典禮，聽有關不可觸賤民的部分。總覺得過於樣板。

六月一日

夜晚（基督教藝術中心）於月曜會聽「聖經與Q資料」。

六月五日

於（慶應）幼稚舍演講。

六月六日（星期六）陰後微雨

夜晚，在銀座近鐵大樓內。於「金扇」與路內美津子、西村洋子用餐，兼送西村君。

六月七日 雨後陰

早上上電視之後訪熊谷醫師照胸部X光。無異常。

六月八日

李從韓國來。與妻三人在「重よし」用餐。

六月九日

小說終於進行到美津子與深津的邂逅。接著進入於飯店中庭的對話。深津暗示患了愛滋。

六月十日

加登醫師診察。血壓九〇／一四〇。要求增加藥量。

六月十一日（星期四）

宇宙棋院。與黑井對弈，二勝。

六月十二日

在紀伊國屋舉辦新潮社文藝演講會。題目是「初次認識西洋的人」。夜晚與朋友在「北海園」用餐。

今天發生悲傷的事。

想問吉行⓭的情況，打電話過去，瑪莉接電話，語調無異往常；但是，突然說

「一定不能說出去喲！只跟遠藤先生說。淳患了肝臟癌！」

驚愕！不知該怎麼回答。

掛斷電話之後，「吉行……」心情盪到谷底。他總是有好運到

⓭指吉行淳之介。

來，所以我想一定能化險為夷，意外地長壽不是嗎？大家都生病了。老了就一切都解決，可是在這之前是非常辛苦的。傷心呀！

六月十三日（星期六）陰天

小說，轉換為深津的視點，稍有深味。

不過，缺乏小說的力量，這樣會讓人感到厭煩。

考慮加入白人的學者（三十歲左右）。他研究轉世。聽說在貝納列斯有具有前世記憶的小孩，於是來此調查。

瑪莉說：

「阿淳說，拚了命寫名作的人，我稱之為患了癌症；他可是很羨慕遠藤，說那傢伙很喜歡寫，我覺得寫作很辛苦。所以稱不上是癌症。」

「我是女演員，這次的戲演來很辛苦。」

「我有責任跟他住在一起。努力到最後。」

六月十四日（星期日）

早上，去望彌撒。感覺看到母親和哥哥在祭壇上。

到花山房的工作坊，開始工作。

今天寫深津早上背著瀕死的老太婆走在街上的場面。來到這樣的場面，我的筆變得柔滑。

還是安排白人男性較好。他患愛滋或者白血病。死期已近，他閱讀史蒂文生的書開始思考轉世的問題，為了確認來到貝納列斯。

（這個白人變為磯邊）

他探究失敗，感到迷惘。美津子把身體給了他，不是因為愛。只是「模仿愛」而已。

夜晚，帶媳婦和孫子到「シェシェ」用餐。

六月十五日（星期一）陰

吉行寄信來。內容如下：

「住院時負責人員不小心，使得時間拖長了；預計二十日過後可出院。醫院開出太常見的小柴胡湯。我目前想依現在的方針進行。您推薦的漢方，未來或許會麻煩您介紹。

再者，讀到您現在進行大作的文章，只有感嘆。加油！

吉行淳之介」

今天一整天都覺得非常疲勞，小說幾乎無進展。這是因為讓白人的男子用日記體書寫呢？或者以他自己的名義書寫呢？猶豫不決。暫時先以手記方式寫下，改稿時調整。**（白人男子變成磯邊）**

六月十六日（星期二）

雖是梅雨季卻晴天。

午後，帶櫻町醫院的職員到笹川財團。

「我要是死了會到哪裡去呢？」

她問。

「即使死了也一定會見面。轉世，又會見到你。」

開頭直接寫如上的議題。

壯年男子。**磯邊**。為了確認轉世而到印度來。

六月二十二日（星期一）晴

梅雨季，出現難以相信的大晴天。

最初的開頭終於決定了。

「我一定會轉世的。不知在哪裡，不過……在你活著之間，這世界的某個地方，我一定會轉世的。」

「真的嗎？」

磯邊緊握妻子的手用力點點頭。（以下省略）

這樣的開頭一下子就可以抓緊讀者。這樣的開頭賦予這部小說類似抒情的甘美。

六月二十三日（雨）

一整天的霧雨。花山房也陰暗，工作碰到瓶頸。猶如費盡力氣鑽洞。

生病的妻與美津子邂逅的場面。生病的妻子逐漸體驗夢想或幽靈離體的場面。那不是硬加入，而是以穿插在日常讓讀者感受到，非以行板意義⓮書寫不可。

整理初稿。

七月七日　暑

在大倉飯店舉行日葡實行委員會及記者會。我以副委員長身分出席。

七月八日（星期三）晴　暑

早上，TBS的人來訪。

小說，終於寫完第一章及第二章。第一章如果寫的是磯邊，那麼第三章應該就是美津子了。總算有了輪廓，決勝負從現在開始。

⓮ 義大利語 andante，音樂用語。

有幾次遇到瓶頸。實在很難呀！

◎思考美津子引誘磯邊的場面。磯邊的純愛受到試煉場面。

磯邊作為女神卡力的犧牲。

七月九日（星期四）

腹腔，不適，無力氣寫小說。

午後於大倉飯店與住在葡萄牙的日埜氏對談。結束後在曙碁所與黑井氏對奕，二敗。

七月十日

將磯邊寫入小說是對的。這樣能跟美津子之章連接，有張力。

讀者也會跟上來。

讀葛林的小說，覺得很好是因為巧妙穿插日常生活。威士忌、吃飯、寵物狗這些東西的運用。改稿時再補足。

整理初稿。美津子之章之後，針對印度寫得不好。非重寫不可。

七月十三日（星期一）

傍晚。為蘇俄放送到五反田錄電視節目。第一次知道我的小說在改革之後的蘇俄有讀者。聽說翻譯了《沉默》、《武士》。

七月十四日（星期二）

在都飯店錄ＴＢＳ節目。之後到池田的公司聽（山崎）陽子說明樹座的台詞，大家一起到「岡田」的燒鳥屋用餐。岡田是龍之介跟我說的。

七月十五日（星期三）

小說，總算寫到巴士接近貝納列斯。

七月十六日（星期四）

今天終於寫到磯邊與美津子在巴黎飯店的中庭談話的場面。總算有了希望，說不定，說不定。

總之，這次寫小說時是我每天最充實的時光。一寫完一天份的小說，我的殘骸就看電視，或者看書，喝酒。

與吉行的電話內容

「那傢伙問醫師我不是得了癌症？問得好急迫。」他打迷糊，話中隱含不安。他可能已經稍有感覺。

重讀這日記，可以明白剛開始的計畫如流水常改變方向，迂迴曲折。小說完成之前就是這樣子。結果是無意識操控書寫。沼田應該會探訪九官鳥和犀鳥出生的故鄉。然後他們會看到鮮明的藍空。

七月十七日（星期五）

發覺這部小說沒有印度的魔性部分。

偶然間讀到上原和與平山郁夫的對談，

「即使白天還是陰暗的森林，樹木跟生物一樣用氣根呼吸。陰陰的，沉穩的鼻息，淫靡之感特別強烈。瀰漫著旺盛的生命力。那裡如精靈神耶塑的女神意象時，有很多性的表現。」

「印度的石造寺院之中內部黑漆漆的，印度的神明生活在暗黑的空間。其中，孤零零地安置著琳。」

「在陽光完全被遮住的厚厚石壁之中，阻斷外氣之中，這裡也安置了許多雕像。」

「實在相當濃密。被厚厚石壁密閉的暗黑之中，叫做毗濕奴神，濕婆神的印度教的諸神被塗上原色的赤或黃色。」

七月十八日（星期六）

與深津純子在「重よし」用餐。回程，兩人到祐天寺參觀祭典。

七月十九日（星期日）

在工作坊，像螞蟻一樣工作。

七月二十日（星期一）

於藝術中心，聽松村（禎三）《沉默》歌劇的腹案。為明年日生劇場三十週年紀念公演。抒情部分多。

七月二十一日

由於第四章無起伏，穿插江波於印度教中從美津子身上感受到性慾的場面。在那裡想書寫印度濕而黑暗的世界。

寺院之中（濕黏黏的氣氛）

恆河（在這裡加入沼田的部分）

Sarunaruto ⑮（加入與否還不確定）

七月二十二日

可說相當勉強寫了女神茶母達（這是為了和後面甘地夫人被暗殺的場景相對照），江波最後的台詞不錯。

不過，這小說甜蜜、抒情的部分不足。幸福的木口與其妻，要多寫一些。

⑮佛教聖地。

七月二十三日　暑

圍棋，贏了皆川，成了棋聖。

七月二十五日　暑

邀有俊兄妹、大竹周作到家裡一起用晚餐。

七月二十六日　相當炎熱

寫小說有如行走沙漠中。距離目的地還有多遠？不知。

①木口以禮談肉的故事。

②磯邊的探尋。
③三條粗率的行為（為了攝影展得獎）
④甘地夫人之死

七月二十七日　晴　甚熱

老實說，增刪之後重讀，這部小說究竟往何處去，完全不知。在花山房的工作坊寫完《萬花筒》之後，無意中想起這樣的場景。

美津子照料受傷的深津，說：

「傻瓜！您真是傻瓜，為什麼會搞成這樣？」

「為了洋蔥，我想模仿洋蔥！」

磯邊也跟著兩人而來。他想起深津對他說的話。

深津說：「我想您太太轉世了。」

磯邊：「在哪裡？」

深津：「在您的靈魂之中。在您內心深處，她復活、活著。您應該知道的。如果不是，我想太太早就從您心中消失了。」

美津子：「深津先生您也相信嗎？關於洋蔥。」

深津：「我不區分轉世和復活，我認為是一樣的。洋蔥又在我們心中復活，使我們的人生變成這樣子。祂的確活在我之中。」

小說在黑暗中摸索之後，似乎會往那方向發展。

七月三十日

熱得讓人幾乎發狂。因此，昨夜睡不好，今天來到花山房的工作坊也處於半睡半醒狀態。

總之，進入磯邊聽說妻重生，叫計程車趕到村子的場景。重讀這日記，覺得每次碰到瓶頸，都是靠著無意識之中浮上來的情節克服；而這情節是長久以來我的小說的模式。這模式或者就是我的人生觀。

木口的話（在恆河對美津子說）

「我相信轉世呀！我的戰友，在緬甸的戰線吃過人肉。那個男子深深為那件事所苦，為了忘記它，喝酒過量吐血而住院。那時，有叫作加施頓的外國人，說他也吃過人肉。是愛的肉。兩人都吃過人肉，那是轉世，我能這麼說嗎！」

這是多麼辛苦的工作呀！為了完成小說，要挖掘廣闊的、實在太廣闊的盡是石塊的土地，犂田、努力讓它變成耕地。主啊！我疲累了！已經接近七十歲了。以七十歲之身寫這樣的小說實在是太辛苦的工作。可是，非完成不可。德蕾莎修女寫給我的。God blesse you through your writing

八月一日

第一日

①美津子在恆河找尋深津，不在。

②到教會

出席婚禮，買沙麗

第二日

③在賣淫處遇深津

④與深津在庭院談話。磯邊、深津、美津子

第三日早上

⑤甘地首相被暗殺

⑥望著恆河的木口與美津子

⑦深津　被捲入暴動、三條的愚行

八月十日

開始重讀《權力與榮耀》（*The Power and the Glory*）。多麼棒的小說呀！自己的小說缺少韻律感，討厭！

八月十一日

與葛希爾一家人夜晚在都飯店用餐。他們結束二個月旅日，回國。

八月十二日

與妻在目黑電影院看電影，突然想到的。

為了彌補磯邊的膚淺，安排他外遇，加入被妻撞見的場面。

因為這樣與弟子們背叛耶穌重疊。

耶穌的復活（妻的再生）——弟子的背叛（磯邊的背叛）

八月十三日

在工作場所用午餐時，奇怪的女子打電話來。是芥川龍之介的忠實讀者，每週一次掃墓從不缺席。電話中說出自己的職業。

之後，接著似乎是瘋女子的冗長電話。

八月十五日（星期六）

受不了熱，早上五點起床。與妻到輕井澤的山莊。由於中元節之後，關越⑯並不那麼擁擠，橫川之前稍微緩慢；晴天、愉快抵達

⑯指東京都練馬區經琦玉群馬到新潟的長岡高速道路。

輕井澤。

爬中輕井澤，在星野溫泉處轉彎，通過大谷家附近有異樣的怪人迎面而來。一看是北杜夫。

「老婆手術後發燒，躺著。昨天我十幾年來第一次開車，撞車了！因此，老婆把鑰匙藏起來，所以我走路。今年的夏天是，工作，還有健康哪！」一口氣喋喋不休，接著又急步而去。

抵達「胡桃之家」的別墅。雖有點累，還是覺得舒爽，小說非在這裡完成不可。（只是初稿）

八月十六日（星期日）

深津與美津子的對話。於飯店的庭院。

無活力。

夜晚，腹腔不舒服。有點發燒。

八月十七日（星期一）

一整天，病床。腳痛、腹痛，今天連坐在書桌前的力氣都沒有。只寫了產經的四張稿紙。

八月十七日（日期重複）

考慮安排磯邊看著恆河（月光照射下）思念妻子的場面。這裡非得是小說中最美麗的場面不可。

八月十八日　陰

還是讓磯邊一個人坐在河邊，就轉換氣氛，似乎也不錯。只是言語不佳，無《沉默》的韻律感。

今天涼爽如晚秋。說是涼爽，其實有點冷。補充美津子與深津的對話。轉世——復活的對話。藉此投影磯邊的思念。

這部小說可否成為我的代表作，信心薄弱。不過，這部小說中插入大量個人部分思索是事實。

八月二十日　陰

微寒。東京還是酷暑，這裡似乎已是晚秋。

小說，終於進入最後一章。書寫讓沼田單獨行動，木口與美津子探訪恆河的早晨。

夜晚，於中輕井澤的小料理屋，與北⑰夫婦、矢代（靜一）夫婦、中村真一郎夫婦、谷田（昌平）夫婦聚餐。北不慌不忙取出書本，邊畫線邊開始念起來，有時還對「貴美子」和夫人發脾氣。中村先生說：「我的心臟痛，硝基掛在脖子上，如果在這裡倒下去，請餵我吃硝基！」

隨著餐敘的進行，越來越有精神，談榮格、談夢、說自己受馬克思的影響，談興大發。愉快而滑稽的夜晚。十時左右散會。

⑰指北杜夫。

八月二十一日（星期五）

谷田君來，下圍棋，二勝一敗。

八月二十三日（星期日）晴、夜晚、豪雨

重寫美津子與木口的對話。

沼田到森林的場面。寫著寫著，覺得假假的。還是應該讓她進入恆河。雙方都是以語言決勝負。感動要靠表現力。沒辦法像《沉默》踏踩繪那樣？

八月二十五日

三條拿著照相機到恆河的場面。以有點神經大條的筆調書寫。因為之前的場面過於沉重、陰暗。讓結構有韻律感。

跟昨天一樣，工作告一段落後在沙龍喝一杯，霎時傾盆大雨，雷聲大作。

美津子在河邊的祈禱

「這不是真心的祈禱，只是做個樣子。跟我模仿的愛一樣，只是模仿的祈禱。不過，……我有點了解，由於過去眾多的過失，我到這地方來是追求什麼。那就是祢。可是我不知道祢在哪裡？到哪裡可以見得到祢？如磯邊到哪裡都見不到已逝的太太一樣，我也還沒見到祢。即使如此，我也想模仿祈禱。那是因為有這麼多人在這條大河中背負著各自的辛酸、各自的悲傷，非像祢祈禱不可。我也參雜其中。我跟這些人在一起。」

八月二十六日（星期三）

我的別墅有許多書籍和畫冊，想聽音樂也可以。即使如此，心中一直有想回東京的聲音，這是因為我還是比較喜歡東京嗎？

從書架抽出盧奧（Rouault）⑱的畫冊，隨意翻翻，無意中從前我寫的盧奧論跑出來。其中引用以賽亞下列詞句。

祂醜陋沒有威嚴。悲慘、寒傖

⑱一九七一～五八，法國畫家，版畫家，具宗教熱忱與人道主義。

人們污衊祂、捨棄祂
如被厭棄的人，祂以手掩面任人污衊
祂的確背負我們的病
擔起我們的悲傷

這詩篇的話，不用說是我這部小說的主題。

八月二十八日（星期五）

妻先一步回東京。池田君、佐藤佳子來。於「大ます」用餐。庭院出現三隻狐狸。

八月二十九日（星期六）

ＮＨＫ，道傳君來。於「大ます」用餐。

庭院出現狐狸。進入家中搗亂。

八月三十日

到白根山兜風。

夜晚，於三井的森之「セリール」用餐。夜半，回東京。

九月一日

嚴酷的殘暑。整理堆積如山的郵件。

九月二日

感冒，一直沒好。

工作又遇瓶頸。無活力。

九月七日

參觀稻井（勳）君的「素顏之遠藤周作展」。之後，與友人在大倉飯店用餐。

九月八日

初稿，終於完成。深津之死，落幕。自己也有一點點這是好作品的感覺。

接下來推敲初稿，讓文章好讀，有味道。重要的是文章。粗胚的初稿完成了，老實說以老年之身寫純文學的長篇，累壞了。多次碰到冰塊、困難。靠著意志力強行通過，因此，文章沒有生命力的地方也不少。不像《沉默》讓人沉醉，也不像《武士》那麼厚實。

季節酷熱的殘暑之後，秋涼終將造訪。從工作坊看到的陽光，溫柔。

九月十日

初稿的開頭要塩津用電腦打字之後重讀。覺得比想像的有吸引讀者之力。不過重讀這創作日記，（六月二十二日）磯邊的部分是最初沒想到的，是無意識告訴我的。

九月十六日

到附近的舞蹈教室。讓腳動一動。

九月十七日

角川，大和氏與編輯部的人來。邀我擔任「恐怖文學大獎」的評審委員。

舞蹈。夜晚，圍棋。

小說，修訂。或許稍微變好。之前的酷暑像假的，秋冷沁人肌膚，行道樹蟲鳴。

九月二十四日

加登醫師來電話。腎臟的數值異常，想再採血。感覺萬病集一身，餘命短少。

九月二十五日

夜晚於上智演講。

九月二十六日（星期六）

檢查出尿中含蛋白。心情沉重，甚為疲勞。

十月二日

朝日，黛氏來。邀後年於早報寫小說。

十月六日

於輕井澤王子飯店演講。與妻宿万平飯店。想到生病之軀，連輕井澤都無心遊玩。

十月七日

新潮社，校條氏來。談明年的連載。

十月十一日

於兵庫縣相生市演講。極為疲勞，回東京。

十月十五日

於東京辯護士會館演講。這樣大概夠支付從月底起的住院費了。

十月十六日

刪改小說。我甚至覺得逐漸喪失信心。委託PETER．OWEN出版社究竟對或錯？依昨天來的馬克的說法，PETER．OWEN在英國的零售店很少。歐洲的讀者或許比我想像的少。

悲慘的一天！

十月十七日 晴

情緒低落，沒去工作坊，在家看書。再讀井上神父的《留白之旅》，他在法國是多麼辛苦？跟我的留學生活重疊。夜晚打電話給他。聽他的聲音，有點安慰。井上的眼睛大概還可以撐個五六年。

十月十七日（日期重複）陰

老年的辛苦無聲無息到來。我的腎臟到底怎麼了？對自己的悲慘的老年東想西想也於事無補。到工作坊修改大津書信的部分。這部小說，這部分非常重要；日本文壇不會漠視吧！

十月二十一日

慶祝孫子誕生。到谷醫師那兒量血壓。一七〇／九〇。想著自己的死亡逐漸接近。

想像在怎樣的狀態下，多麼痛苦而死。人們要是看到我的身體，會想這樣的身體怎麼能做這麼多事情吧！確實很努力。夜晚，加登醫師來。我對他的話幾乎都無法相信。

十月二十二日

情緒低落得不行。一身是病，人生中碰到瓶頸，以七十老人而言過於悲慘。深深知道以這樣的心理無法度過瀟灑的人生；然而生來孱弱，毫無辦法。自己也覺得醜陋。

妻，整天外出。說今天是最後的國樂的舞台。連她的人生都被捲入，真是可憐！如果我身體健康，她應該可以過更好的人生吧！

十月二十三日

終於明天要住院了！

十月二十四日

午後，住院。紀念病房的五樓。黯淡呀！

十一月一日

做夢都沒想過能活到這把年紀。非當成命運忍受不可，從中獲取正面的東西。正面是什麼？我不知道。說不定有一天要人工洗腎。

十一月（未標日期）

到眼科接受檢查。聽到眼底出血，感到驚訝！以為糖尿病好了，其實不知不覺中惡化。感覺會是悲慘的晚年，夜晚，心裡覺得黯淡！

十一月七日（星期六）

到谷醫院。從未想過自己的晚年會盲目。也沒想過人生的最後是以悲慘的結果落幕。

十一月八日（星期日）

一整天，在家。

十一月九日（星期一）

到工作坊，稍微工作。想藉修改《深河》的草稿忘記憂鬱的心情。把《河》的題目改為《深河》是昨天聽到黑人靈歌的「深河」。我想這才是小說的題目。想在作品中加入暗示靈歌的一節。

打電話給加登。他一副想逃避，狡猾。恨也沒用。

（十行空白）

十一月（未標日期）

夫人帶安岡親切的慰問信和瑪利亞來。感謝友情。

十一月（未標日期）

打電話跟近藤啟太郎聊天。

「不想活太久！」他抱怨。「早上醒來，今天又再多活一天啊！好討厭。」

同感。

十一月十八日

安岡，擔心我，打電話來。吉行情況似乎也不佳。

十一月十九日

加登醫師來，注射I・F。時將不在病房，感到意外，打電話過去，讓人吃驚的是她哭著說父親去世了。

平成五年

一九九三年

深河創作日記

病情日記：腎臟手術

五月二十一日（星期五）（以下為口述筆記）

住進順天堂大學醫院。病房是新館三樓二三一二號室。從窗戶可見他棟病房及停車場。跟北里等大不相同。

五月二十二日（星期六）

短暫回家。想到距離動手術只有一天，心情不快。

五月二十四日（星期一）

進行手術前的各項檢查。肺、心臟、止血、照X光。腹膜透析會傷到骨頭，所以先檢查掌骨。一整天心情憂鬱。

夜晚，洗澡，剃掉手術部位、腹部的毛。

五月二十五日（星期二）

到目前為止接受過五次手術；從未像今天這麼疼痛、難過、無法忍受。途中，幾次希望就這樣殺了我吧！痛！激痛！唇乾舌燥，一直希望這手術早一秒也好趕快結束，結果忍受了二小時半。要是四、五十歲還好，就七十餘歲的身體實在是太難挨過的一天。回到病房，腹部依然劇痛，奄奄一息的狀態，如果沒有內人全心的照顧無疑是撐不了的……夜間，妻也在旁，幫我按摩手腳；發燒三十七度四，注射止痛劑三次，即使如此，還是充滿痛苦的一晚。深夜聽到二次救護車進入醫院的聲音，實驗用犬的吠叫聲，跟在傳研醫院最初的一夜相似。為了忘記疼痛，回憶《深河》的情節，心想那裡應該這樣寫才行呀，這或許也是小說家的習性，現在希望那本小說趕快出版，能夠早日撫摸封面。為了這本小說粉身碎骨，非得忍受今天的疼痛嗎？妻幾乎都沒睡。十天之後彼此都累得不像話，不是嗎？我擔心。

未標日期，星期不明者，原封不動。括弧內的小字為「三田文學」編輯部所加註。

內容簡介

「為了這本小說粉身碎骨，非得忍受今天的疼痛嗎？」

——遠藤周作〈一九九三年病情日記〉

《深河》的初稿完成於一九九二年九月八日，時年六十九歲的遠藤周作在日記中記載：「粗胚的初稿完成了，老實說以老年之身寫純文學的長篇，累壞了。」在此之前，日記中經常出現「腹痛」、「暈眩」、「疲勞」等字眼。不多久即診斷出腎臟功能異常，次年入院接受手術，從此展開長達三年半在家洗腎、不時進出醫院的折騰生活。

「想藉修改《深河》的草稿忘記憂鬱的心情。把題目《河》改為《深河》，是昨天聽到黑人靈歌的「深河」。我想這才是小說的題目。」在年事已高、病痛纏身的折磨下，常人多已被打擊得失去了生存意志，但或許是小說家的習性吧，遠藤念茲在茲的仍是《深河》初稿的修改，重寫場景、調整人物設定、斟酌人物對話等。

但他盡可能一如往常地維持公開活動，文壇甚少有人察覺到他的健康已出現異狀。在會議中、在演講中，他是行程滿檔、活躍於國內外的文學大師；然而，在病中、在雨中，他是脆弱傷感、嚴肅思考生命最後歸屬的小說家，或許，這才是遠藤最親近神時的模樣。

日記內容除了記載其作家生涯的重要工作記事，亦可看到遠藤在創作過程中所受到的各種思想衝擊，如他閱讀朱利安．葛林的日記，探索如何克服輪迴；閱讀莫里亞克與G．葛林的小說，思考小說的語言及意象；還有電影與音樂為他帶來的靈感刺激——讓《深河》有了這麼一個沉落人們心河深處的名字。

這本日記從一九九〇年八月至一九九二年十一月，是他親筆記錄，一九九三年五月的病情日記則為遠藤口述，妻順子夫人筆記。其中記載《深河》中各個角色、情節從無到有的發想軌跡，也記錄遠藤在病中勉力創作的生命體悟。他說《深河》「不像《沉默》讓人沉醉，也不像《武士》那麼厚實」，卻是遠藤周作以生命包容人間諸苦的溫柔之作。

作者簡介

遠藤周作

近代日本文學大家。一九二三年生於東京，慶應大學法文系畢業，別號狐狸庵山人，曾先後獲芥川獎、谷崎潤一郎獎等多項日本文學大獎，一九九五年獲日本文化勳章。遠藤承襲了自夏目漱石、經芥川龍之介至崛辰雄一脈相傳的傳統，在近代日本文學中居承先啟後的地位。

生於東京、在中國大連度過童年的遠藤周作，於一九三三年隨離婚的母親回到日本；由於身體虛弱，使他在二次世界大戰期間未被徵召入伍，而進入慶應大學攻讀法國文學，並在一九五〇年成為日本戰後第一批留學生，前往法國里昂大學留學達二年之久。

回到日本之後，遠藤周作隨即展開了他的作家生涯。作品有以宗教信仰為主的，也有老少咸宜的通俗小說，著有《母親》、《影子》、《醜聞》、《海與毒藥》、《沉默》、《武士》、《深河》等書。一九九六年九月辭世，享年七十三歲。

譯者簡介

林水福

日本國立東北大學文學博士。曾任輔仁大學外語學院院長、日本國立東北大學客座研究員、日本梅光女學院大學副教授、中國青年寫作協會理事長、中華民國日語教育學會理事長、台灣文學協會理事長、國立高雄第一科技大學副校長與外語學院院長、文建會（現文化部）派駐東京台北文化中心首任主任；現任南台科技大學應用日語系教授、國際芥川學會理事兼台灣分會會長、國際石川啄木學會理事兼台灣啄木學會理事長、日本文藝研究會理事。

著有《讚岐典侍日記之研究》（日文）、《他山之石》、《日本現代文學掃描》、《日本文學導讀》（聯合文學）、《源氏物語的女性》（三民書局）、《中外文學交流》（合著、中山學術文化基金會）、《源氏物語是什麼》（合著）、譯有遠藤周作《母親》、《影子》、《我拋棄了的女人》、《海與毒藥》、《醜聞》、《武士》、《沉默》、《深河》、《對我而言神是什麼？》；井上靖《蒼狼》；新渡戶稻造《武士道》；谷崎潤一郎《細雪》（上下）、《痴人之愛》、《卍》、《鍵》、《夢浮橋》、《少將滋幹之母》、《瘋癲老人日記》；大江健三郎《飼育》（合譯、聯文）；與是永駿教授編《台灣現代詩集》（收錄二十六位詩人作品）、《シリーヅ台湾現代詩ⅠⅡⅢ》（國書刊行會出版，收錄十位詩人作品）；與三木直大教授編《暗幕の形象——陳千武詩集》、《深淵——瘂弦詩集》、《越えられない歴史——林亨泰詩集》、《遙望の歌——張錯詩集》、《完全強壮レシぴ——焦桐詩集》、《鹿の哀しみ——許悔之詩集》、《契丹のバラ——席慕蓉詩集》、《乱——向陽詩集》；評論、散文、專欄散見各大報刊、雜誌。研究範疇以日本文學與日本文學翻譯為主，並將觸角延伸到台灣文學研究及散文創作。

校對
馬興國
中興大學社會系畢業；資深編輯。

責任編輯
王怡之
東吳大學中文系畢業；資深編輯。

生活哲思—新文明生活主張

提倡簡單生活的人肯定會贊同畢卡索所說的話：「藝術就是剔除那些累贅之物。」

小即是美

M型社會的出路
拒絕貧窮
E. F. Schumacher ◎著

中時開卷版一周好書榜
ISBN: 978-957-0411-02-7
定價：320元

少即是多

擁有更少 過得更好
Goldian Vandn Broeck◎著

ISBN:978-957-0411-03-4
定價：360元

簡樸

世紀末生活革命
新文明的挑戰
Duane Elgin ◎著

ISBN :978-986-7416-94-0
定價：250元

靜觀潮落

寧靜愉悅的生活美學日記
Sarah Ban Breathnach ◎著

ISBN: 978-986-6513-08-4
定價：450元

美好生活：貼近自然，樂活100

我們反對財利累積，
反對不事生產者不勞而獲。
我們不要編制階層和強制權威，
而希望代之以對生命的尊重。
Helen & Scott Nearing ◎著

ISBN:978-986-6513-59-6
定價：350元

倡導純樸，
並不否認唯美，
反而因為擺脫了
人為的累贅事物，
而使唯美大放異彩。

中時開卷版一周好書榜

德蕾莎修女：一條簡單的道路

和別人一起分享，
和一無所有的人一起分享，
檢視自己實際的需要，
毋須多求。

ISBN:978-986-6513-50-3
定價：210元

115歲，有愛不老

一百年有多長呢？
她創造了生命的無限可能

27歲上小學
47歲學護理
67歲獨立創辦養老病院
69歲學瑜珈
100歲更用功學中文……

宋芳綺◎著
中央日報書評推薦

ISBN:978-986-6513-38-1
定價：280元

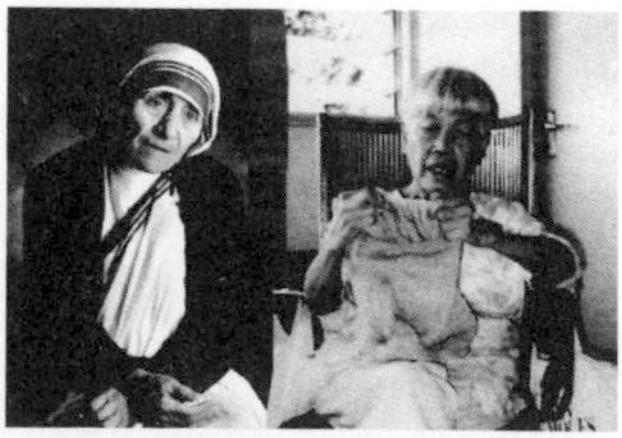

許哲與德蕾莎
修女在新加坡

遠藤周作

林水福◎譯

近代日本文學大家，在近代日本文學居承先啓後的地位，一生獲獎無數：芥川獎、每日出版文化獎、每日藝術獎、新潮社文學獎、野間文學獎、古崎潤一郎獎，並於1995年獲頒日本文化勳章。

深河　遠藤周作生前最後鉅著

人間之河，人間深河的悲哀，我也在其中。

榮獲日本每日藝術獎
1999年中時開卷十大好書、開卷版一周好書榜

ISBN：978-986-6513-97-8
定價：320元

深河創作日記·1990-1992　與死神搏鬥的《深河》

想忘記疼痛。爲了這部小說粉身碎骨，
非得忍受幾天的疼痛不可嗎？

ISBN：978-986-6513-95-4
定價：220元

沉默　廿世紀日本文學代表作品

反抗歷史的沉默，探索神的沉默。

榮獲谷崎潤一郎獎
中央日報副刊書評推薦

ISBN：957-0411-43-0
定價：250元

對我而言神是什麼？

遠藤周作信仰與文學的自我告白

我也曾經懷疑神，甚至好幾次想拋棄神……

在《深河》中，遠藤如何賦予耶穌復活新意？
在《沉默》中，遠藤爲何讓神一直沉默？

ISBN：978-986-6513-72-5
定價：280元

國家圖書館出版品預行編目資料

深河創作日記‧1990-1992／遠藤周作 作；
林水福譯. – 初版 .–新北市新店區：立緒文化，民 103.3
面；公分.（新世紀叢書）

ISBN 978-986-6513-95-4（平裝）

861.67　　103002698

深河創作日記‧1990-1992

出版——立緒文化事業有限公司（於中華民國 84 年元月由郝碧蓮、鍾惠民創辦）
作者——遠藤周作
譯者——林水福

發行人——郝碧蓮
顧　問——鍾惠民

地址——新北市新店區中央六街 62 號 1 樓
電話——(02)2219-2173
傳真——(02)2219-4998
E-Mail Address: service@ncp.com.tw
網址：http://www.ncp.com.tw
劃撥帳號——1839142-0 號　立緒文化事業有限公司帳戶
行政院新聞局局版臺業字第 6426 號

總經銷——大和書報圖書股份有限公司
電話——(02)8990-2588
傳真——(02)2290-1658
地址——新北市新莊區五工五路 2 號
排版——伊甸社會福利基金會附設電腦排版
印刷——祥新印刷股份有限公司

法律顧問——敦旭法律事務所吳展旭律師

分類號碼——861.67
ISBN 978-986-6513-95-4（平裝）
出版日期——中華民國 103 年 3 月初版　一刷 (1～2,000)

定價◎ 220 元（平裝）